奇妙的紫貝殼

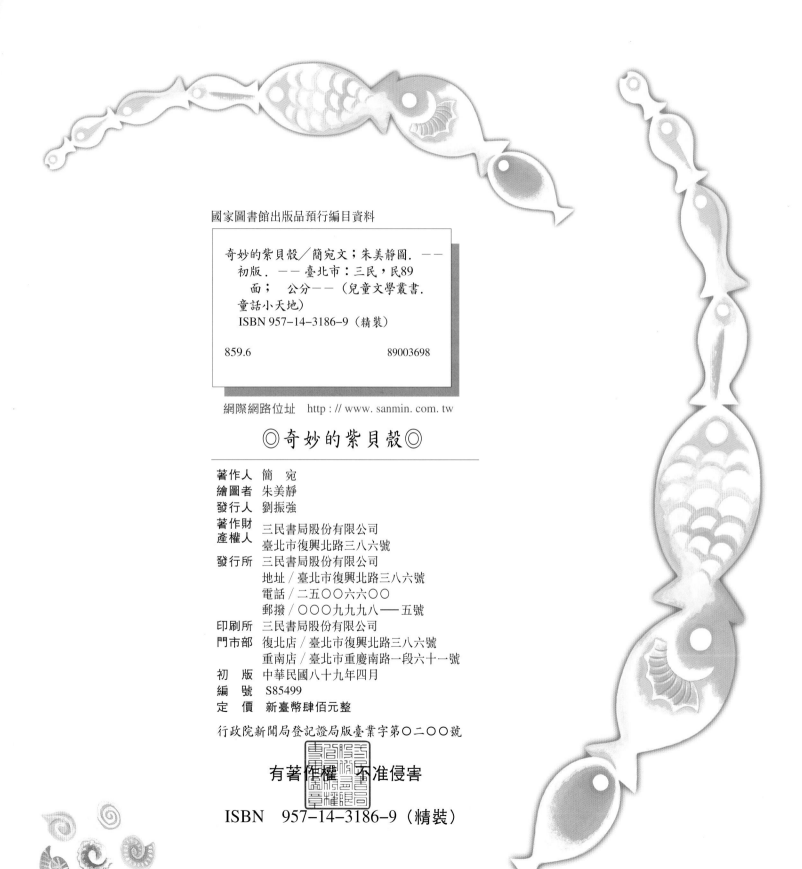

國家圖書館出版品預行編目資料

奇妙的紫貝殼／簡宛文；朱美靜圖. ——
　初版. —— 臺北市：三民，民89
　　面；　公分——（兒童文學叢書.
　童話小天地）
　　ISBN 957-14-3186-9（精裝）

859.6　　　　　　　　　　　　89003698

網際網路位址　http ://　www. sanmin. com. tw

◎奇妙的紫貝殼◎

著作人　簡　宛
繪圖者　朱美靜
發行人　劉振強
著作財　三民書局股份有限公司
產權人　臺北市復興北路三八六號
發行所　三民書局股份有限公司
　　　　地址／臺北市復興北路三八六號
　　　　電話／二五〇〇六六〇〇
　　　　郵撥／〇〇〇九九九八——五號
印刷所　三民書局股份有限公司
門市部　復北店／臺北市復興北路三八六號
　　　　重南店／臺北市重慶南路一段六十一號
初　版　中華民國八十九年四月
編　號　S85499
定　價　新臺幣肆佰元整
行政院新聞局登記證局版臺業字第〇二〇〇號

ISBN　957-14-3186-9（精裝）

海闊天空任遨遊
（主編的話）

小時候，功課做累了，常常會有一種疑問：「為什麼課本不能像故事書那麼有趣？」

長大後終於明白，人在沒有壓力的狀況下，學習的能力最強，也就是說在輕鬆的心情下，學習是一件最愉快的事。難怪小孩子都喜歡讀童話，因為童話有趣又引人，在沒有考試也不受拘束的心境下，一書在握，天南地北遨遊四處，尤其在如海綿般吸收能力旺盛的少年時代，看過的書，往往過目不忘，所以小時候讀過的童話故事，雖歷經歲月流轉，仍然深留在記憶中，正是最好的證明。

童話是人類智慧的累積，童話故事中，不論以人或以動物為主人翁，大都反映出現實生活，也傳遞了人類內心深處的心理活動。從閱讀中，孩子們因此瞭解到自己與周遭環境的關係。一本好的童話書，不僅有趣同時具有啟發作用，也在童稚的心靈中產生了意想不到的影響。

這些年來，常常回國，也觀察國內童書的書市，發現翻譯自國外的童書偏多，如果我們能有專為孩子們所寫的童話，從我們自己的文化與生活中出發，相信意義必定更大，也更能吸引孩子們閱讀的興趣。

這套《童話小天地》與市面上的童書最大的不同是，作者全是華文作家，不僅愛好兒童文學，也關心下一代的教育，我們都有一個共同的理想，為孩子們寫書，讓孩子們在愉快中學習。

想知道丁伶郎怎麼懂鳥語，又怎麼教人類唱歌嗎？智慧市的市民有多麼糊塗呢？小老虎與小花鹿怎麼變成了好朋友？奇奇的磁鐵鞋掉了怎麼辦？屋頂上的祕密花園種的是什麼？石頭又為什麼不見了？九重葛怎麼會笑？紫貝殼有什麼奇特？……啊，太多有趣的故事了，每一個故事又那麼曲折多變，讓我讀著不僅欲罷不能，還一一進入作者所營造的想像世界，享受著自由飛翔之樂。

感謝三民書局以及與我有共同理想的作家朋友們，我們把心中最美好的創意在此呈現給可愛的讀者。我們也藉此走回童年，把我們對文學的愛、對孩子的關心，全都一股腦兒投入童書。

祝福大家隨著童話的翅膀，遨遊在想像的王國，迎接新的紀元。

簡宛

作者的話

　　孩子們小時候，偶爾帶著他們在海邊散步，大海的浪潮與深奧，總是引起他們無限的好奇與探討的興趣；沙灘上形形色色、美麗的貝殼，裝了滿滿一口袋，更是編故事、發揮想像力的好機會。

　　《奇妙的紫貝殼》就是在這種情況下，我們一起創作出來的。我不能像用教科書一般解釋──海水為什麼是藍色的、海底有多少魚群、海底生物的生存環境……等等，年幼的孩子，對具體的知識，興趣不大，那是因為他們尚未具備健全的理解能力，他們必須經由想像和創造，才能把現實生活中一知半解的片段，串聯起來，經過這個過程，他們才會逐漸結構出自己的見解，也培養出自己的興趣。

　　做為父母，從孩子身上彷彿又拾回了童年，我珍惜這樣的經驗。充滿好奇心的童稚孩子，像海綿一樣，捉住所有學習的機會，吸取接受新奇的事物。對身邊的每一件事，都是興致勃勃。父母的耐心與用心，常常是最好的啟蒙。孩子喜歡從自身的經驗中，與周圍的事物相比互動，喜怒愛憎的感覺，害怕與疑慮的情緒，真實與想像的交錯，有時用成人的解釋，永遠無法說得清楚，而在童話故事書中，卻讓他們一一滿足了這份求知欲與好奇心。這也正是童話與童年密切相連

之因。

　　漫無邊際的想像和超現實的奇蹟，是孩子們發揮創作力的源頭，我們創造了有神奇魔力的紫貝殼，並且點點滴滴的注入了海底世界的壯麗。想起與孩子一起編故事、寫童話的日子，彷彿還在眼前，每天沉醉在有關大海的魚群書中，鯨魚、水母、鮭魚、珊瑚與海綿……啊！好美麗的海底世界。

　　讓小祥帶領大家在海底觀光吧，我希望每個孩子的童年，都能有一片奇妙的紫貝殼，讓想像力長著翅膀，遨遊在海闊天空的新世界。

兒童文學叢書
‧童話小天地‧

奇妙的紫貝殼

簡　宛‧文
朱美靜‧圖

三民書局

2

小祥和他的爸爸媽媽住在
海邊的一棟白房子裡，
爸爸每天出海打魚，
媽媽則忙著補網、
晒魚乾、做家事，
所以都沒有時間陪他玩。

3

小祥很寂寞，
他沒有弟弟妹妹陪他玩，
所以他一有空就跑到海邊撿貝殼，
小祥喜歡收集又大又奇怪的貝殼，
在他的房間裡擺滿了形形色色、
形狀古怪的貝殼，
它們都像一個個精靈的小仙人，
成為小祥的好玩伴。

6

有一天，小祥放學後，又跑到海邊。
夏天的海邊有很多人在游水、
晒太陽、玩沙子，真是熱鬧極了。
小祥一個人拿了一個小桶子，
走到偏遠的沙灘，專心的找尋著貝殼。
沙灘被太陽晒得又乾又燙，
小祥不禁想：如果我會游泳就好了，
我現在就可以跳到海裡，多麼涼快。
他看著遠遠的海裡，
那些在水裡游泳的人多麼快樂，
小祥忍不住坐下來，
在沙灘上用手挖出一條溝，
假裝自己就在海裡游水玩耍。

7

小祥的沙溝越挖越大，越挖越深，
　突然他的手碰到了一塊堅硬的東西，
　　　　小祥拿起來一看。
　　　啊！是一塊有手掌般大的貝殼。
　　　小祥高興極了，用水洗淨貝殼，
　　一層薄薄的紫色，
　在太陽光下，射著耀眼的光芒，
小祥被照得眼睛都睜不開了。

「太陽小些就好了，
太陽小些，
沙子就不會這麼燙，
陽光也不會刺得我眼睛睜不開。」
小祥自言自語著。

10

咦！
果然一片浮雲
遮住了陽光，
　真的，陰涼多了。
小祥覺得真是奇怪，
　難道是這塊紫貝殼
有神奇的魔力嗎？

11

他忍不住又摸摸它，
看看他已經挖成的沙溝。

「沙溝裡有水就好了，
我可以把腳放在裡面，多涼快！」
小祥話才說完，沙溝一下子就注滿了水。

小祥快樂極了。

「我撿到一塊奇妙的紫貝殼了，
我撿到一塊奇妙的紫貝殼了……」

小祥恨不得趕快跑回家去告訴爸爸媽媽，
說不定紫貝殼可以幫爸爸捉好多魚，
爸爸就不用天天出海，就有空
陪他在沙灘玩，教他在海裡游泳……

12

小祥一路興高采烈的跑著，不時的，
又把放在口袋中的紫貝殼拿出來看看。
真的是一塊會變魔術的貝殼嗎？
他忍不住停下來，
看看深藍的海水。
「讓海水都退盡吧！」
他不相信的再試一次。
果然海水漸漸退後，沙灘上呈現一片乾涸。

15

小祥慌了，不行，不行，
　魚兒沒有水不能呼吸，
海底的生物沒有水都會乾死，
還有海邊玩水的人會熱昏。
　不好，他趕快說：
　　　「趕快漲潮吧！
　讓魚兒快樂的玩水，
　讓海草生長，讓……」
　　　　　果然！海水漲上來了。
　　　小祥大聲的歡呼。
　　「漲潮了！漲潮了！」
　紫貝殼真是奇妙，
我要趕快回家拿給
　爸爸媽媽看，
明天還要帶去學校
　給同學們看。

16

17

海浪越來越大，海水越來越深，
小祥卻一點也不覺得，他太高興了，
握著紫貝殼不斷的把玩著。

一個浪打來，哎喲！他嚇了一跳，
差一點被沖倒。他看看上升的海水，
開始著急了，眼看著又一個大浪湧來，
小祥竟忘了叫海水停止上漲，反而說：

「我是一條魚就好了，我可以在海裡
游來游去，不用擔心大浪把我淹沒。」

小祥說著，果然全身都浸在水裡了。

啊！他真的是一條魚了。

海水輕輕的滑過他的全身，他看看他的腳，
不見了，變成了長長的、會擺動的尾巴，
他的手呢？也不見了，變成了兩片鰭。

18

19

他想起了手中的紫貝殼。
糟糕！不見了。
他上下左右的找，
只看見濺得四處的海水，
什麼也沒看到。
紫貝殼不見了。
小祥後悔極了，
他想到他再也變不回原來的樣子，
再也見不到親愛的爸爸媽媽了，
他傷心的流下了眼淚，
許多魚兒從他身旁游過，
看到他憂愁的樣子，
忍不住停下來問他，
小祥就把經過告訴了牠們。

「我要變回我自己原來的樣子。」

可是想了半天，牠們也想不出辦法。

這時海岸邊有海獅和海象在玩球，
魚兒就說，讓我們游過去問問牠們
可有什麼辦法？

海獅和海象是同族，牠們身上都有
細細的、亮亮的毛，看到小祥牠們來，
就過來歡迎牠們。

小祥看到海象兩顆長長的白牙，有點害怕，
但是看到牠們玩球時可愛的樣子，
使他想起了在動物園看過的海豚表演，
說不定牠們的腦子也和海豚一樣聰明，
於是充滿了希望的游過去。

「你要變回你原來的樣子？」海獅說：
「那就要找到紫貝殼。」

可是紫貝殼呢？大家幫著小祥找尋，
但是仍然找不到。

23

突然小祥看到遠遠的海上，
有一股白色的泉水噴出，
小祥看呆了。
海獅看到他驚奇的樣子，
就告訴他：
「那是我們的大親戚 —— 鯨魚在呼吸，
牠身體大，一吸一呼，
肺裡的氣就會造成噴泉。」
小祥看看身體也不小的海獅，
不知牠會不會噴水？

24

小祥正要再問，
一條小小的海馬從他身旁游過，
他看到了比起馬的眼睛大一點的海馬，
身上還有一個口袋。
「那是裝牠們的幼卵的。」
背上有很大脊鰭的旗魚告訴他。
小祥看得有趣極了，
早已忘記了他的憂愁。

「還有更好看的呢！」鮭魚告訴他：
「你向海底游去，有各種海草、
海底動物，說不定還可以找到
和紫貝殼一模一樣的水螅動物呢！」

小祥一聽到紫貝殼，迫不及待的往前衝，
也忘了謝謝鮭魚，尤其是想到自己
那麼愛吃鮭魚，更是慚愧，
可是鮭魚實在太好吃了。
他嚥了一口口水，
趕快向前游去。

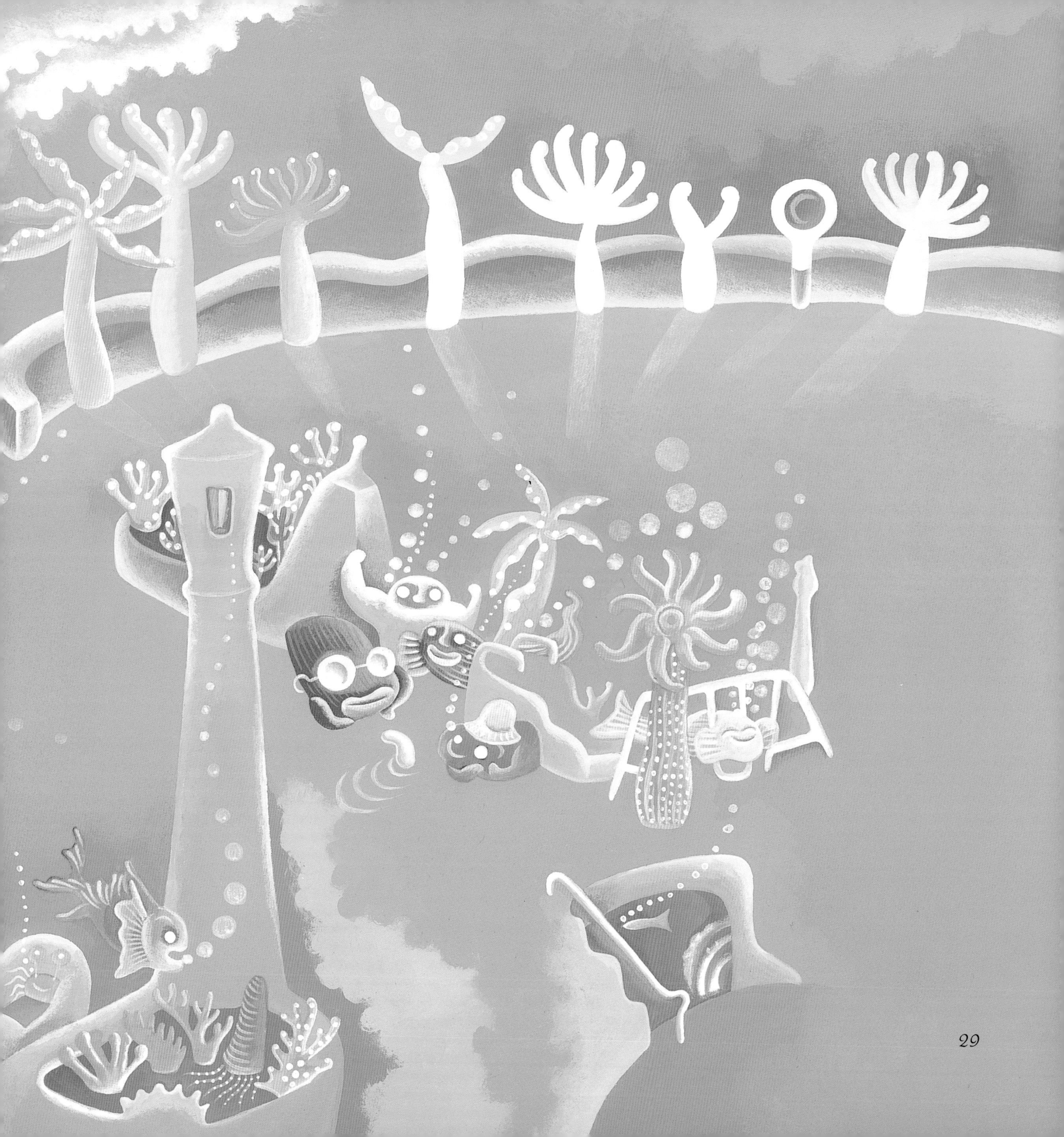

海底的景色，
　像極了萬花筒，
水母像天上的彩虹一般，
　有著五顏六色，
　　在海裡發亮；
海草像掛滿了
　水果的樹林，
　　晶瑩透亮；

30

還有海葵，
像一棵棵
粉紅色的椰子樹，
在風裡搖擺。

小祥正被這些美麗的景象迷住時，
一股黑流，染烏了那些鮮麗的色彩。
啊！原來海賊（烏賊）放出牠的烏水，
在逃避敵人的追蹤。
小祥屏息觀看，海賊已逃得無影無蹤。
不遠的地方，又來了一條八腳魚，
牠伸張著牠的手腳，吞噬著螃蟹，
然後倒退著，又回到了牠海底的洞穴。

33

小ㄒㄧㄠˇ祥ㄒㄧㄤˊ這ㄓㄜˋ才ㄘㄞˊ發ㄈㄚ現ㄒㄧㄢˋ
有ㄧㄡˇ那ㄋㄚˋ麼ㄇㄜ˙多ㄉㄨㄛ不ㄅㄨˋ同ㄊㄨㄥˊ的ㄉㄜ˙螃ㄆㄤˊ蟹ㄒㄧㄝˋ ——
綠ㄌㄩˋ色ㄙㄜˋ的ㄉㄜ˙、藍ㄌㄢˊ色ㄙㄜˋ的ㄉㄜ˙,
像ㄒㄧㄤˋ一ㄧˊ部ㄅㄨˋ部ㄅㄨˋ海ㄏㄞˇ底ㄉㄧˇ的ㄉㄜ˙機ㄐㄧ器ㄑㄧˋ在ㄗㄞˋ爬ㄆㄚˊ行ㄒㄧㄥˊ著ㄓㄜ˙,
還ㄏㄞˊ有ㄧㄡˇ一ㄧˋ種ㄓㄨㄥˇ隱ㄧㄣˇ居ㄐㄩ蟹ㄒㄧㄝˋ,
總ㄗㄨㄥˇ是ㄕˋ躲ㄉㄨㄛˇ在ㄗㄞˋ殼ㄎㄜˊ裡ㄌㄧˇ不ㄅㄨˊ動ㄉㄨㄥˋ;
蛛ㄓㄨ狀ㄓㄨㄤˋ蟹ㄒㄧㄝˋ卻ㄑㄩㄝˋ是ㄕˋ和ㄏㄢˋ海ㄏㄞˇ草ㄘㄠˇ長ㄓㄤˇ在ㄗㄞˋ一ㄧˋ起ㄑㄧˇ,
很ㄏㄣˇ難ㄋㄢˊ辨ㄅㄧㄢˋ認ㄖㄣˋ。

小祥真的看呆了，
那一叢叢不同顏色的珊瑚樹，
一塊塊柔軟的海綿，
還有那麼多星狀動物，
花狀的水螅，
他多麼想待下來看個飽呢！
說不定還可以找到紫貝殼！

但是他的同伴在催他了。

「不行，我們受不了海底的壓力，
要趕快上去，還有許多好看的呢！
你這樣慢，一年也看不完。」

小祥只好跟著往上游，
一條紅色的大魷魚從他身旁游過；
還有像蛇一樣的鰻魚，
長得簡直看不見牠的尾巴。

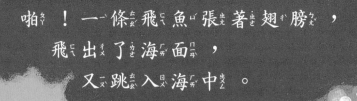

啪！一條飛魚張著翅膀，
　飛出了海面，
　　又跳入海中。

　　小祥牠們又游上了海面。
　「小心漁人的捕捉哦！」
魚兒們一邊警告小祥，
一邊小心的游動著。
　　小祥不敢再貪看海裡的景色，
卻又忍不住東張西望。
　　他多麼希望他能被漁人捉住呀！
雖然他不知道被捉住了以後怎麼辦？

魚兒們一面快樂的游著，
一面告訴小祥許多趣事，
一邊互相提醒著小心漁人的襲擊。
漸漸的，天也黑了。

39

小祥的爸爸媽媽，回家看不到小祥，天黑了，他們到處找，仍是找不到。

他們知道小祥喜歡撿貝殼，就沿著海濱一遍遍的找，但仍然沒有小祥的影子。

小祥的爸爸傷心得沒有辦法出海去打魚，他的媽媽一想到小祥就流眼淚，飯也吃不下了，他們看著小祥所收集的貝殼，更是難過。

「小祥，你在哪裡啊！爸爸媽媽好想念你！你快回來吧！」

回答他們的，只有呼呼的海風，和低垂的夜幕。

小祥還是沒有回來。

41

天氣漸漸冷了，但魚兒是不怕冷的，
牠們在水裡快活的游來游去。可是小祥倦了，
他看過了海底奇觀，他也游遍了海洋，
欣賞了各種不同的大魚小魚，
他開始想家了。

小祥常常把頭伸出海面，
看到了他的家，
在遠遠的海邊向他招手，
他真想回家啊！
但是怎麼回呢？
誰能幫助他呢？

43

小祥的爸爸媽媽，還是每天等著小祥回來。
他們深信小祥一定會回來的。

有一天，他們又沿著海濱去找小祥，
他們一邊念著小祥，一邊撿著貝殼，
他們已經為小祥收集了許多好看的貝殼，
等小祥回來看到了，不知道會多開心哩！

退潮後的海灘，有著比平常更多的沙石貝殼。
突然，一塊有手掌般大的貝殼吸引了他們，
淺淺的紫色，在陽光下射著耀眼的光彩。

多麼奇特美麗的貝殼！

小祥的爸爸媽媽一起讚嘆著。
小祥看到了不知會多麼歡喜！
小祥的媽媽想著又傷心的流淚了。

44

45

小祥的爸爸看到小祥的媽媽如此傷心，
心裡也很難過，但是光難過也不是辦法，
就跟她說：「妳好久沒陪我出海捕魚了，
要不要趁天冷以前跟我到海上散散心？」

　　小祥的媽媽想想也好，捉了魚，
小祥回來就有魚吃了。

　　她總是相信小祥會回來的。

　　海風迎面吹來，小祥的爸爸駕著漁船，
小心的丟下了魚網，他知道魚兒在黃昏時
最餓，最容易補捉。

　　小祥的媽媽一面欣賞著海景，
一面把玩著手中的貝殼，她的心，
仍思念著她可愛的祥兒。

在海裡游累了的小祥，
耳中彷彿聽到有人叫他，
他忍不住又探出頭看看。
　啊！糟糕，一面網將他包圍住了。
　小祥的爸爸用力拉上網，好重啊！
用盡全身的力量才拉上了船。
　哇！一條好大的鮭魚呀！
　「小祥最愛吃的，
小祥要是在多好，
他一定會高興的跳起來。」
小祥的媽媽不停的說。

49

小祥的媽媽說完。
果然，鮭魚不見了。
小祥躺在船上。
簡直不敢相信自己的眼睛，
小祥的爸爸媽媽叫了起來。
「小祥！」
小祥睜開了眼睛，
不敢相信這是真的，
他揉了揉眼睛，不是在做夢，
他高興的跳了起來，
摟著爸爸媽媽不停的叫著：
「爸爸！媽媽！我好想您們哦！」
他們三個人擁抱在一起，
流下了快樂的眼淚。

「小祥，你這些日子去了哪裡？」
小祥的媽媽問著，
慈愛的看著小祥。
「我——」
小祥正不知如何說起時，
他看到了媽媽手中的紫貝殼。
「就是它，這奇妙的紫貝殼，
使我變成了魚，
到海裡去玩了一趟。」
媽媽張著口，不敢相信似的，
又看了一眼手中的紫貝殼。
「也是它，使我們找回了你？
多麼奇妙的紫貝殼！」

小祥從媽媽手中拿過了紫貝殼，
若有所思的觀察著，
然後毅然決然的站起來，
用力把紫貝殼丟入海裡。
「都是它害我的，
我再也不敢要它了。」
小祥一下子覺得輕鬆了許多，
坐在爸爸媽媽的中間，
開始描述海裡的景觀。

52

他ㄊㄚ們ㄇㄣ快ㄎㄨㄞ樂ㄌㄜ的ㄉㄜ歡ㄏㄨㄢ笑ㄒㄧㄠ著ㄓㄜ，
　　讓ㄖㄤ漁ㄩ船ㄔㄨㄢ把ㄅㄚ他ㄊㄚ們ㄇㄣ載ㄗㄞ回ㄏㄨㄟ家ㄐㄧㄚ去ㄑㄩ。

簡　宛

　　本名簡初惠，國立臺灣師範大學畢業，曾任教仁愛國中，後留學美國，先後於康乃爾大學、伊利諾大學修讀文學與兒童文學課程。1976年遷居北卡州，並於北卡州立大學完成教育碩士學位。

　　簡宛喜歡孩子，也喜歡旅行，雖然教育是專業，但寫作與閱讀卻是生活重心，手中的筆也不曾放下。除了散文與遊記外，也寫兒童文學，一共出版三十餘本書。曾獲中山文藝散文獎、洪建全兒童文學獎，以及海外華文著述獎。最大的心願是所有的孩子都能健康快樂的成長，並且能享受閱讀之樂。

朱美靜

　　有著甜美笑容的美靜，朋友們都暱稱她「珠珠」；原本學化工的她，在一個偶然的機會踏上了畫畫的路：

　　有一天珠珠在街上走著、逛著，忽然看見一道彩虹從窗口射出來，珠珠張大眼睛，好奇地跟著彩虹的光芒，不知不覺地走進了一間色彩繽紛的教室，她看見彩虹的盡頭，有隻藍色的鳥停在那兒望著她，並對她說：「來和我一塊玩吧！」在牠藍色的眼中，珠珠看到了快樂，於是她拿起筆來，開始塗鴉，開始回憶，開始跟自己說話。經過數年以後，珠珠對著藍鳥說：「原來，畫畫可以如此地自由自在。」

　　珠珠目前是「圖畫書俱樂部」中的一員，每年她都會有固定的作品展出。

兒童文學叢書

童話小天地

為孩子寫~
彩色的夢

想 知 道

丁伶郎怎麼教人類唱歌嗎？

智慧市的市民有多麼糊塗呢？

小老虎銀毛與小花鹿斑斑怎麼變成了好朋友？

奇奇的磁鐵鞋掉了怎麼辦？

屋頂上的花園裡有什麼祕密？

石頭為什麼不見了？

九重葛怎麼會笑？

紫貝殼有什麼奇妙的力量？

讓我們隨著童話的翅膀，一同遨遊在想像的王國

兒童文學叢書

藝術家系列

行政院新聞局第四屆人文類小太陽獎、文建會「好書大家讀」活動推薦
中國時報開卷版「一周好書榜」、聯合報讀書人版「每周新書金榜」專文推薦

有人從石頭中創造巨人
有人用光影編織色彩
有人讓方格子跳起舞來

由知名作家簡宛主編、國內名家執筆，一套專為孩子撰寫
的藝術家故事，以本土的眼光看西方文化，帶孩子輕鬆進
入大師世界，培養孩子對藝術的欣賞品味與創作能力。

用輕鬆的語調、生動活潑的童心童趣，為你訴說藝術大師的小祕密……

放羊的小孩與上帝——喬托的聖經連環畫

寂寞的天才——達文西之謎

石頭裡的巨人——米開蘭基羅傳奇

光影魔術師——與林布蘭聊天說畫

孤傲的大師——追求完美的塞尚

永恆的沉思者——鬼斧神工話羅丹

非常印象非常美——莫內和他的水蓮世界

流浪的異鄉人——多彩多姿的高更

金黃色的燃燒——梵谷的太陽花

愛跳舞的方格子——蒙德里安的新造型

藝術，它充滿了想像的空間，一旦愛上它就永遠不會無聊……